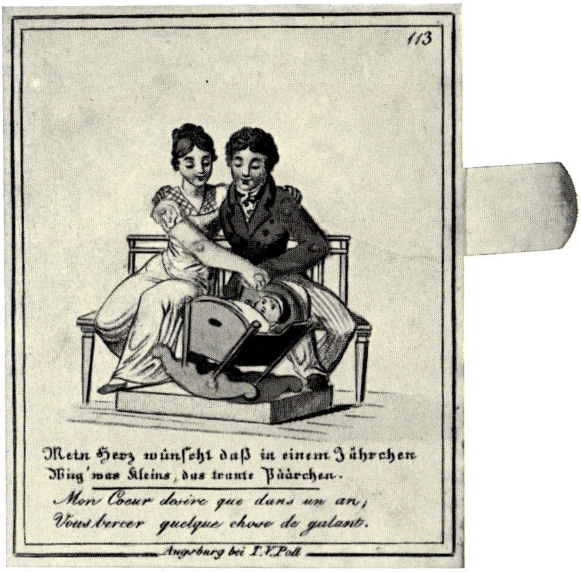
113
Mein Herz wünscht daß in einem Jährchen
Wieg' was Kleins, das traute Päärchen.
Mon Coeur desire que dans un an;
Vous bercer quelque chose de galant.
Augsburg bei I.V. Poll

»Des Hauses Engel«, gezeichnet von Gustav Süs.
Nr. 92 aus den »Deutschen Bilderbogen« von Gustav Weise,
Stuttgart um 1868. Sammlung Pieske.

Christa Pieske

Das freudige Ereignis

und der
jungen Kindlein
Aufzucht

Bruckmann München

Umschlagvorderseite:
»Hamburger Kindermädchen«, kolorierte Lithographie von H. Jessen aus dem Ansichten-Verlag B. S. Berendsohn, Hamburg um 1845. Sammlung Pieske.
Umschlagrückseite:
Schweizer Taufbrief von 1812 aus dem Kanton Bern. Sammlung Pieske.
Seite 1:
Ziehbild aus dem Biedermeier. Lithographie von T. V. Poll, Augsburg. Sammlung Meisenbach. Beim Ziehen am Streifen bewegt sich die Wiege.

3., veränderte Auflage 1981

Herstellung: F. Bruckmann KG, München
Graphische Kunstanstalten
Printed in Germany
ISBN 3 7654 1810 2

Das süße Geheimnis

»Espérance«, Aquatinta von Roemhild aus dem Wandbilddruck-Verlag Dopter, Paris um 1840. Sammlung Pieske.
Diese Stiche schmückten die Wände des kleinbürgerlichen Heimes, ein Wunschtraum von Reichtum, Schönheit, Glück und immerwährendem zärtlichem Einverständnis...

Und wenn die Lieb gesieget,
der Storch ans Fenster kömmt –
Ihr dann ein Knäblein wieget,
das Eure Ruhe hemmt:
So ruft uns, wir kommen dann alle
und singen mit fröhlichem Schalle
Ein Wiegenlied herrlich und schön –
O möchte dies einstens geschehen!

Im Storchenhaus oder
Nur nicht ſo laut,
es wird ja hier gebaut!

Die Anni und der Adolar,
Die gingen gern allein,
Als luſtig junges Ehepaar,
Ins Storchenhaus hinein.
Und einſt, des Morgens in der Früh,
Küßt er ſie dort geſchwind.
Nur nicht ſo ſtürmiſch, warnte ſie,
Und nicht ſo laut mein Kind!

:,: Nur nicht ſo laut,
Es wird ja hier gebaut!
Und wo ein Storch ſein Neſtchen baut,
Da iſt man nicht ſo laut. :,:

Das Jahr darauf im Heimatort,
Anni und Adolar,
Da küßten ſie ſich immerfort
Als junges Ehepaar.

:,: Nur nicht ſo laut,
Es wird ja hier gebaut!
Und wo ein Storch ſein Neſtchen baut,
Da iſt man nicht ſo laut. :,:

Doch ach, im neuen Storchenhaus
Geht's nicht ſo ſtille zu;
Fünf Knaben und ſechs Mägdelein,
Die ſtören dort die Ruh.
Wenn ihr das lang' ſo weiter macht,
Warnt Meiſter Klapperbein,
So werde ich wohl über Nacht,
Von hier verſchwunden ſein.

:,: Nur nicht ſo laut,
Es wird ja hier gebaut!
Und wo ein Storch ſein Neſtchen baut,
Da iſt man nicht ſo laut. :,:

Aus den »Neuesten Polterabendscherzen« des Trivialliteratur-Verlages E. Bartels, Berlin um 1900. Sammlung Hirschberg.

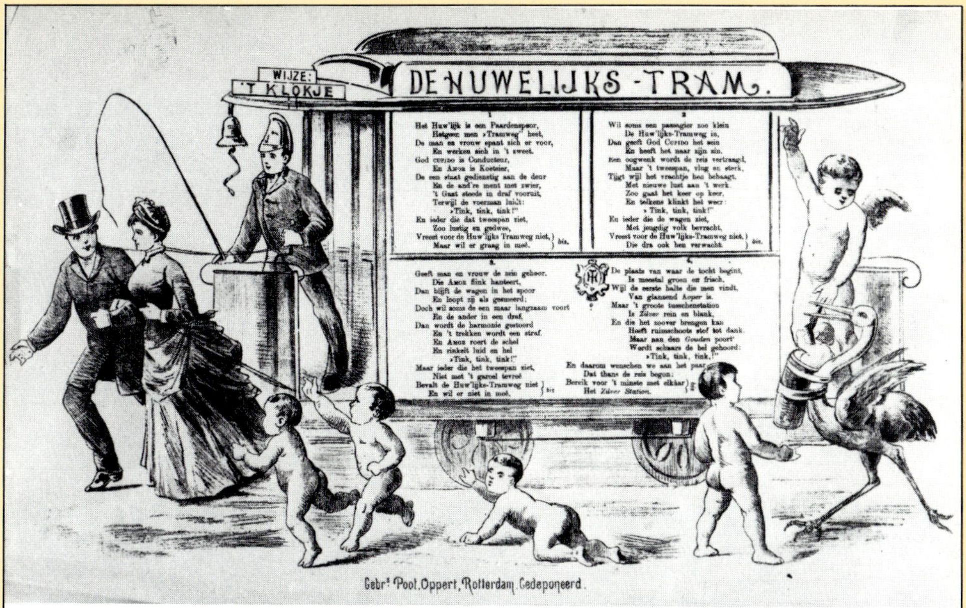

»Hochzeits-Tram«, Polterabendlied um 1880.
Rijksmuseum voor Volkskunde, Arnhem.

Die leicht asthmatischen Töne einer Drehorgel klettern bis zum fünften Stock der Mietskaserne hoch. Frau Müller summt den Kehrreim beim Plätten der Kinderhöschen mit. Sie hat schon sechse, es genügt eigentlich. Auch Minna bei Geheimrats, deren Küchenfenster zum Hof hinausgeht, flötet dazu. Ob sie es schafft, ihren leichtsinnigen Erich bald zum Traualtar zu bewegen? Die Gören, die dem Leierkastenmann fasziniert folgen, schmettern lauthals eine Strophe nach der anderen. Wie gern spielen sie Hochzeit und Vater-Mutter-Kind, da gibt es keine Problematik um die Reihenfolge...

Die Ehe hat ja schon so manche Vergleiche aushalten müssen, die meist poetischen Bereichen entnommen wurden. Daß man sie für eine Pferdebahn erklärte, passierte um die Jahrhundertwende im nüchternen Holland. Hübsch in der Spur muß das junge Ehepar bleiben, immer im gleichmäßigen Trab, und darf nur einen kurzen Halt einlegen, wenn zwingende Gründe vorliegen. So ein zwingender Grund ist ein neuer kleiner Fahrgast, und Amor als Schaffner klingelt wieder ab. Der Kondukteur ist Cupido. Bei so viel griechisch-römischer Liebesgötterhilfe müssen ja wohl die kupferne, silberne und goldene Station erreicht werden!

Den guten Freunden des Bräutigams fällt die delikate Aufgabe zu, die Hochzeitszeitung zu machen. Da rauchen die Köpfe beim Verseschmieden, und wohl dem, der nach den bekannten Melodien »Es braust ein Ruf...« oder »Gaudeamus...« ein paar Textzeilen aus der ausgegrabenen Hochzeitszeitung der alten Tante situationsgemäß abwandeln kann. Wer mag bloß mit diesem Unsinn angefangen haben, denkt mancher der unfreiwilligen Dichter! Das ist schon ziemlich lange her, um die Mitte des 16. Jahrhunderts, als man in der guten Gesellschaft begann, sich auf Latein, Griechisch oder Hebräisch zu beglückwünschen. Die unvergleichlichen Eigenschaften der viel ehr- und tugendreichen Brautleute wurden besungen, und die ganze antike Götterwelt mußte als Zeuge auftreten. Die Schäferspiele des 18. Jahrhunderts lieferten so manchen Beitrag; in Kantaten und Serenaden schallten die Lobgesänge der Solo- und Chorstimmen, die Texte zu kleinen Heftchen in grün- und goldschimmerndem Buntpapier eingebunden. Jeder Einfall wurde ausgewalzt, ein Polterabendgedicht begann so:

Das verkehrte Closter-Gelübde
wollte auf dem
Nölting- und Krögerschen
Hochzeit-Festin welches zu Lübeck
den 23. September 1751
unter vielen Glückwünschen celebriret
kürzlich berühren und dem
hochgeehrten Brautpaar
seine schuldige Gratulation abstatten
der geehrten Braut
Bekannter
Gedruckt zu Neuen Closter
durch den Pater Prior
semper lustig nunquam
traurig.

Frau Hahn spatziert mit ihrem Viehe
vom Storchnest bis in die Marie

Am Siebenzehnten Februar
Im Achtzehnhundert Eilften Jahr.

Polterabendbildchen, anonymes Deckfarbenaquarell von 1811.
Sammlung Pieske.

Appenzeller Rebusteller, Schweizerisches Landesmuseum, Zürich.

Der Appenzeller Teller ist ein Hochzeitsgeschenk, das um 1835 gemalt wurde. Nur wenige Jahrzehnte war diese Kunstübung im Schwange, die so lebensvolle, farbkräftige Erinnerungsstücke hervorbrachte. Diese Teller waren keine Gebrauchsware, hübsch aufgereiht standen sie auf dem Tellerbord. Sie hielten mit ihren schlichten Versen und den abbreviaturhaften Malereien die Höhepunkte des menschlichen Lebens im Gedächtnis.

Inzwischen da DU, Edles Paar!
In Compagnie DICH unterschrieben,
So wünsche ich das jedes Jahr
Auch fruchtbahr seyn in EUREM Lieben.
So viel die Veste Lichter trägt,
Das grosse Welt-Meer Wellen schlägt,
So vieles Glück soll EUCH vergnügen.
Gebt EURER Compagnie die Krafft,
Und Nachdruck EURER Kauffmannschafft;
So wird auch der Profit bald in der Wiegen liegen.

Aus einem Hochzeitscarmen von 1741,
gedruckt bei Chr. Heinrich Willers in Lübeck.
Archiv der Hansestadt Lübeck.

Den Beschluß eines jeden Hochzeitsglückwunsches machten die unvermeidlichen zarten Anspielungen, die in mehr oder minder deutlichen Redensarten auf den erwünschten Nachwuchs hinwiesen! Solche Prophezeiungen waren auch zum neuen Jahr beliebt: In der Empirezeit schätzte man Transparentkarten, die einen unverbindlichen Wunsch zum Jahreswechsel aus der geöffneten Hand entrollen ließen. Hielt man aber die Karte gegen das Licht, so enthüllte sich ihr verborgener Sinn: In der Hand lag nun ein mit zierlichen Bändern umflochtenes Wickelkind!

»Das Aufstehen der Neuvermählten«, kolorierte Lithographie aus der Bilderbogenfabrik Gangel, Metz 1852–1858. Volkskundemuseum Antwerpen.

Aus der Bildfolge »Der Heiratsantrag« mit den Titeln
»Das Begehren zur Ehe«, »Die Heirat« und »Das Hochzeitsbett«.

Anspielungen auf zukünftige freudige Ereignisse gab es nicht nur in literarischer Form. Schon in der Barockzeit hatte man Bildchen, wie sie der schlesische Dichter Scherffer beschreibt:

Ins Konfekt man gern einmischt
solche Bildlein, die ganz eigen,
warum heint' hier wird getischt,
klarer als ein Sinnbild zeigen.
Etwan will man, daß versteckt
ichtwas soll das Bräutlein kriegen;
wenn sie dieses dann aufdeckt,
ist's ein Kindlein in der Wiegen.

Beide Abbildungen: »Krapfenbild«, Klappkarte aus dem Biedermeier in geschlossenem und geöffnetem Zustand, kolorierter Stich um 1840. Kunstgewerbemuseum Budapest.

Viel häufiger waren die gegenständlichen Scherzgeschenke. Da gab es den Buttenmann, dessen Jacke von Knöpfen mit Kindergesichtern geschlossen wurde und der auf dem Rücken die Kiepe mit all den nötigen Dingen trug: Wiegenband, Wäscheklammern, Windeln, Töpfchen, Breipfännchen, Badewanne usw., alles in winzigen Ausgaben. Einen ähnlichen Inhalt beherbergte der holzgeschnitzte Brautstorch, dessen Gefieder mit Wickelkindern besetzt war und aus dessem Innern – der Schwanz war abschraubbar – sich an einer langen Schnur die Miniaturausgaben von Babyutensilien ergossen! – Ganz harmlos sahen die kleinen Pappschachteln aus, die beim Öffnen alle Folgerungen nach sich zogen... Diese Scherzgeschenke sind nur noch Überreste früherer Zeiten, als die Wiege oben auf dem Kammerwagen zur festen Brautausstattung gehörte, ebenso wie eine Anzahl von Windeln und Kindszeug in einer hübschen kleinen Truhe.

Storch, Storch, Guter,
bring' mir 'nen kleinen Bruder!
Storch, Storch, Bester,
bring' mir 'ne kleine Schwester!

Lackbilder (Oblaten) aus einem Klebeband um 1900. Rijksmuseum voor Volkskunde, Arnhem.

»Auf dem Lande«, von Oskar Pletsch, ▷ *Leipzig 1870. Sammlung Hannes.*

Der Storch als Kinderbringer hat allen Aufklärungsschriften seit dem 18. Jahrhundert bis zur Gegenwart erfolgreich widerstanden. Er ist nächst der Hebamme derjenige, der für den Nachschub an kleinen Geschwistern sorgt. Freilich scheinen die Jahrgänge immer jünger zu werden, die hoffen, mit einem Stück Zucker auf dem Fensterbrett den Storch zum Bleiben veranlassen zu können. Das hindert aber nicht die Textilwerbung, mit dem Wort »Storchenmode« eine diskrete Umschreibung für Umstandskleider vorzunehmen.

„Bringst Du auch solche?“

Das süße Geheimnis wird nun offenkundig, die glückliche Gewißheit erfordert eine Menge Vorbereitungen. Schon Hans Sachs schrieb 1544 in seinem Gedicht: »Der ganze Hausrat bey dreyhundert Stücken, so ungefehrlich in ein jedes Haus gehört:«

Geht dann die Frau mit einem Kindel,
So tracht umb vierundzweinzig Windel,
Ein Fürhang und ein Rumpelkeß.
Weck, Käß und Obst zu dem Gefräß,
Ein Kindtbett, dem Kindt ein Wiegen.
Mußt haben Milch, Mäl und Kindtspfannen,
Ein Kindtsmaid und ein Lüdelein.

Frühere Zeiten hielten nichts vom Verschweigen und Vertuschen: In fröhlicher Runde mußte die junge Frau aus einem Scherzpokal trinken, den eine zeitgenössische barocke Darstellung so schildert:

„Hänsgen im Keller ist eine Art von einem silbernen, ziervergüldeten Trinckgeschirr, stehet auf einem langen Fuß, von oben her mit einer runden und hohl ausgetriebenen Muschel versehen; in der Mitte solcher Muschel ist ein klein hohl verfertigtes, in die Höhe gehendes Behältniß, mit einem kleinen und leichten silbernen Blättlein statt Deckels bedecket, worinnen ein zartes und subtiles klein von Silber verfertigtes Kindlein verborgen lieget. Wann nun Wein in dieses Trinckgeschirr gegossen wird, wird ein solches Kindlein, das unten auf einer kleinen von zartem Glase geblasenen Kugel steht, durch den Wein in die Höhe gehoben, stößet das Decklein auf und praesentiret sich also mit Verwunderung und Lust!"

Aus Jacob Rueff: Hebammenbuch, daraus man alle Heimlichkeiten des weiblichen Geschlechts erlernen kann. Frankfurt/Main 1553.

Die Zeit der Erwartung ist von Hoffen und Bangen erfüllt. Kein Wunder, daß sich um diesen Zustand der Unsicherheit eine Fülle von abergläubischen Vorstellungen gerankt haben, die auch heute noch im Flüsterton weitergetragen werden... In der »Gestriegelten Rockenphilosophie oder auffrichtige Untersuchung derer von vielen superklugen Weibern hochgehaltenen Aberglauben, Chemnitz 1706« werden scharfe Attacken gegen diese Vorstellungen geritten, die da unter vielen anderen besagen:

»Es ist nicht gut, wenn man eine ledige Wiege wiegt.

Eine schwangere Frau soll unter keiner Wagen-Deichsel hinkriechen, sie muß sonst über die gewöhnliche Zeit schwanger gehen.

Wenn eine schwangere Frau vor dem Brod-Schrank stehen bleibt und isset, so bekömmt das Kind die Mitesser.

Eine schwangere Frau darf nicht aus einer zerbrochenen Tasse trinken, das Kind bekommt sonst eine Hasenscharte...«

Mit der besonderen Vorliebe für bestimmte Speisen befassen sich sogar mittelalterliche Rechtsverordnungen, die besagen, daß »schwangere Frauen ungestraft ihr Gelüst nach Obst, Gemüs und Wildbret befriedigen können«.

Von medizinischer Seite aus verwahrte man sich dagegen, wie der Dresdener Arzt F. A. v. Ammon 1860 schrieb:

»Falsch ist endlich die Meinung, als wenn jedes sogenannte Gelüste, namentlich jedes ungestüme Verlangen nach einem bestimmten Genuß, dringend zu berücksichtigen sei, weil aus Nichtbeachtung und Nichterfüllung desselben leicht ein Schade für Mutter oder Kind entspringen könne. Diese Ansicht ist höchst verderblich und steigert namentlich bei jungen Frauen einen krankhaft erregten Eigenwillen zum Eigensinn.«

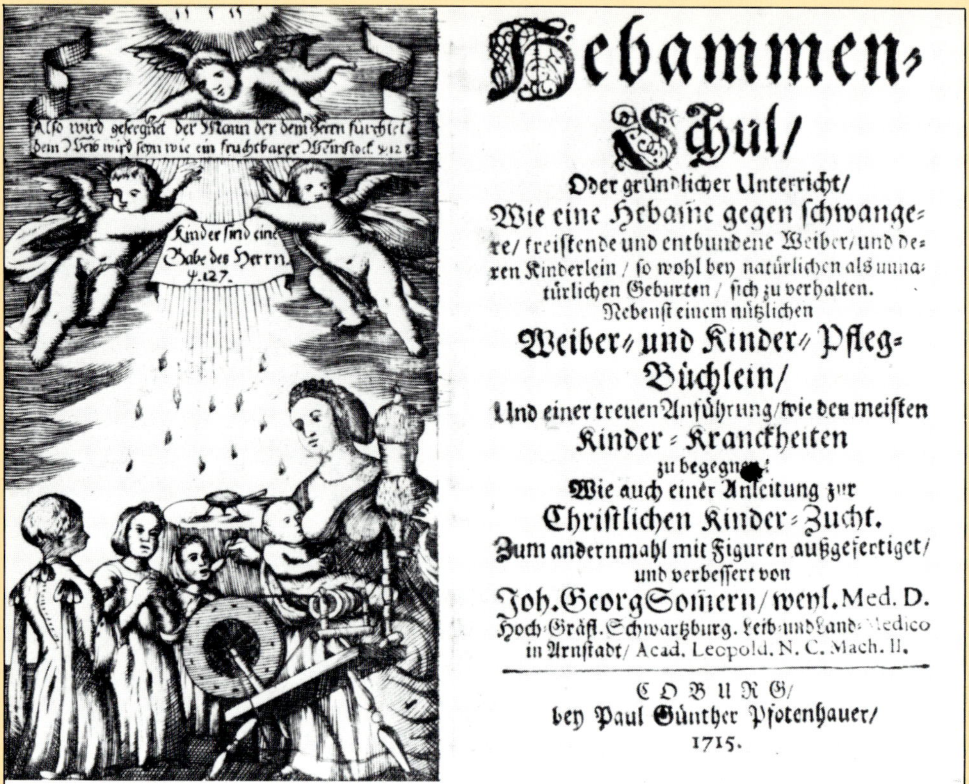
Also wird gesegnet der Mann der dem Herrn fürchtet. dem Weib wird seyn wie ein fruchtbarer Weinstock. ps. 128

Kinder sind eine Gabe des Herrn. ps. 127.

Hebammen-Schul/
Oder gründlicher Unterricht/
Wie eine Hebamme gegen schwangere/ kreissende und entbundene Weiber/ und deren Kinderlein/ so wohl bey natürlichen als unnatürlichen Geburten/ sich zu verhalten.
Nebenst einem nützlichen
Weiber- und Kinder- Pfleg-Büchlein/
Und einer treuen Anführung/ wie den meisten Kinder-Kranckheiten zu begegnen/
Wie auch einer Anleitung zur Christlichen Kinder-Zucht.
Zum andernmahl mit Figuren außgefertiget/ und verbessert von
Joh. Georg Sommern/ weyl. Med. D.
Hoch-Gräfl. Schwartzburg. Leib- und Land-Medico in Arnstadt/ Acad. Leopold. N. C. Mach. II.

COBURG/
bey Paul Günther Pfotenhauer/
1715.

Titelblatt der »Hebammenschul« von Joh. Georg Sommer, Coburg 1715.

Die Hebamme, auch Mudder Griepsch oder Kramfrau genannt, steht als »weise Frau« im Mittelpunkt der sich anbahnenden Ereignisse. Man war sich frühzeitig darüber klar, wieviel von ihrer Vernunft und Tüchtigkeit abhing, und sparte nicht mit Verordnungen, Büchern und Prüfungen, um keine »falschen Wehmütter« ihr Unwesen treiben zu lassen. Hier einige Titel von Hebammenlehrbüchern:

Ein schön lustig Trostbüchlein von den empfengknussen und geburten der menschen... durch Jacob Rueff, Bürger und Steinschneider der loblichen Stadt Zürych 1569.
Der treu meinende Teutsche Weiber- und Kinder-Artzt, 1713. Die neu angekommene Kinder-Mutter, Breßlau 1722.
Muralt, Johannes: Kinder-Büchlein oder wolbegründeter Unterricht, wie sich die Wehe-Mütter und Wartherinnen gegen die schwangeren Weibern in der Gebuhrt..zu verhalten haben, Zürich 1689.

Tür des Hauses einer Hebamme in Friesland. Waagmuseum in Enkhuizen.

Aus den zahlreichen Dienstvorschriften für Hebammen nur eine Kostprobe: »Instruktionen für Hebammen, Itzehohe 1847. Jede Hebamme soll sich christlich, ehrbar, keusch und sittsam betragen. Namentlich hat sie sich der Nüchternheit zu befleißigen, und sich des Genusses aller stark berauschenden Getränke zu enthalten. In Kleidung und an ihrem Körper soll sie stets für Reinlichkeit sorgen. Insonderheit liegt ihr ob, ihre Hände rein und geschmeidig zu halten, schwere Arbeit deshalb zu meiden und die Nägel an den Fingern zu beschneiden.

Hebammen sollen fleißig in ihrem Lehrbuch lesen, dasselbe bei jeder Geburt bei sich führen, damit sie es nöthigenfalls noch zu Rathe ziehen können.

Namentlich haben sie sich nach besten Kräften dem Gebrauch abergläubischer und schädlicher Mittel bei Gebärenden, Entbundenen und neugeborenen Kindern, z. B. des Branntweines, der Brech- und Purgirmittel zu widersetzen.«

Ein Jahr nach der Hochzeit: Heirath nach der Mode

Die in den Romanen so beliebte Schwarzweißmalerei, »arm und glücklich« und »reich und unglücklich« machte sich auch die Leipziger Illustrierte zu eigen:
Umgeben von Reichtum und Luxus, vor allem aber gähnender Langeweile und heimlichen Sehnsüchten ausgesetzt, verbringt das junge Paar, das seine

Heirath nach dem Herzen

Beide Abbildungen aus der »Illustrierten Zeitung«, Leipzig 1844.

Ehe auf Geld gründete, seine inhaltslosen Tage. Wie anders ist dagegen das innige Familienleben, das auf herzlicher Liebe und Zuneigung basiert! Hier bedarf es keiner Plüschportieren und Perserteppiche, um glücklich zu sein. Kinderjauchzen mischt sich mit dem Hoppe-Reiter-Sang des Vaters, und selig summt die junge Mutter mit.

Der neue Erdenbürger

Nun ist die Geburt glücklich überstanden, das junge Menschlein schlummert in seinen Kissen, unbekümmert um den Wirbel, den es verursacht hat und in den es seine Umgebung noch weiter stürzen wird!
Das beginnt mit der Anzeige. Kanonen- und Böllerschüsse sind nur noch Prinzen und Prinzessinnen vorbehalten, auch das mündliche Ansagen verbietet sich dort, wo alle zu Benachrichtigenden weit auseinander wohnen. Da ist die Zeitungsanzeige ein guter Weg:
Früher wurde ein so großer Aufwand mit der »Ansage« getrieben, daß durch eine Ratsverordnung 1748 in Lübeck »Die Notifikation durch fremde, ums Geld gemietete Leute, gäntzlich abgeschaffet« wurde. Daß die Freude aller-

»Das Stufenalter des Menschen«, kolorierte Lithographie des Bilderbogen-Verlages Ed. Gust. May, Frankfurt/Main ab 1846. Diese Nr. 415 gehört mit Nr. 414, den »Verschiedenen Ständen im menschlichen Leben«, zu den verbreitetsten Drucken. Sammlung Pieske.

dings unterschiedlich war, kam durch so manche Kleinigkeiten zum Ausdruck: So trugen die Freudmaidli, die in Schaffhausen zum Ansagen gingen, noch einen besonders großen Blumenstrauß in der Hand, wenn es galt, einen Stammhalter anzukündigen! Die Stufenleiter des Lebens beginnt nun! Noch ist das kleine Wesen neutral, sein Lebensdrang ist eingedämmt durch breite Wickelbänder, durch den engen Bereich der Wiege und ein wenig später des Laufstühlchens. Dann aber gehen Bub und Mädchen ihre eigenen Wege, der Junge läuft mit Steckenpferd und Windrad in die Weite, während das kleine Mädchen seine Puppe im Arm hält – so von den Bilderbogen seit dem späten Mittelalter festgehalten!

(249)

Conjuges suscipiunt	Die Eheleute bekom(men	Conjux, c. 3. das Ehegemahl / Mann oder Weib.
ex benedictione DEI	durch GOttes Seegen	Benedictio, f. 3. der Seegen.
sobolem (prolem)	Kinder,	Deus, m. 2. der GOtt.
& fiunt *parentes*, (m. 3. plur.	und werden Eltern.	Soboles, f. 3. Proles, f. 3. die Kinder, (das Geschlecht.)
Pater 1 m. 3. generat	Der Vatter 1 zeuget /	Filius, m. 2. der Sohn.
& *mater* 2 f. 3. parit	und die Mutter 2 gebieret	Filia, f. 1. die Tochter.
filios 3 & *filias*, 4	Söhne 3 und Töchter, 4	Gemellus, a, um, Zwil-
aliquando *gemellos*.	zuweilen auch Zwilling.	
Infans 5 c. 3.	Das kleine Kind 5	

Der Eltern Stand.

Joh. Amos Comenius: Orbis sensualium pictus. Nürnberg 1746, Sammlung Hirschberg.

Aus »Le Musée grotesque«, einer Serie von 66 Radierungen des Pariser Verlages Martinet um 1810. Nr. 32, »Die Freuden der Vaterschaft«. Sammlung Pieske.

Die Sorgen des jungen Vaters sind außerordentlich groß – zum Trost, sie waren es schon immer, wie der Meistersinger Hans Folz in Nürnberg um 1500 singt:

So dann das weib geperen soll,
Erst wird der mann gepeiniget wol
Mit eilln heißt man in holln die ammen
Dann ruff die nachpewrin zu samen,
Das man dem weib ein beystat thu.
Erst hat der mann kein rast noch ru,
So lang pis man im pringt die mer
Ob es ein sie sey oder ein er,
Und auff ein gefatern weiß zu sinnen,
Und zu der Kindttauff leut gewinnen
Und nach ein priester erst umlauff,
Das man sich furder zu der tauff.

Ausgestoßen von all den Ereignissen und durch die Weiberwirtschaft von Hebammen, Großmüttern und Nachbarinnen in eine unbedeutende Nebenrolle gedrängt, schwankt er zwischen Stolz und Verzweiflung! Die Wochenstube ist – vor allem früher – nun einmal ein Reservat aller weiblichen Geheimniskrämerei, in dem Männer nichts zu suchen haben.

Man macht sich heute kaum noch einen Begriff von dem Gepränge, das die Wochenstube bot. Auf den zahlreichen Tafelgemälden vergangener Zeit ruht die junge Mutter auf einer erhöhten Lagerstatt mit großem Betthimmel, von dem die Vorhänge herabwallen. Daneben hantieren geschäftige Freundinnen mit Speise und Trank, wird das Neugeborene gebadet, spielen die Kinder und Hündlein der Nachbarinnen.

Der Reichtum des Hauses liegt in den kostbaren Stoffen, die zur Schau gestellt werden. Schon früh, aber allem Anschein nach stets vergeblich, versuchen die Ratsverordnungen der Städte den Aufwand zu steuern:

Ordnung eines Erbaren Raths der Kayserlichen Freyen vnd des heiligen Römischen Reichs Statt Lübeck: Darnach sich hinfüro dieser Statt Bürgere vnd Einwohner bey Verlobnissen, Hochzeiten, in Kleydungen, Kindbetten / Gevatterschaften, Begräbnüssen was denselben allen anhengig sampt ihren Frauen, Kindern und Gesinde verhalten sollen. – Bey wehrendem Kindelbette sollen die besuchung der Frawen an den Son- vnd Feyrtagen gentzlich verbotten seyn / vnd sol alßdann, wie auch sonst bey den Kindtbetterinnen / alles köstlichs auffleihen, aller Pracht mit auffgenäheten Laken, Küssen, bunten Zwelen, Augentüchern / mit Gölden / Seyden vnd andern köstlichen Näden / so wol bey den fürnemsten als niedrigen Ständen abgeschaffet werden / bey Straffe zwantzig Marck / denen die dargegen thuen werden / der Wette zu erlegen (1612).

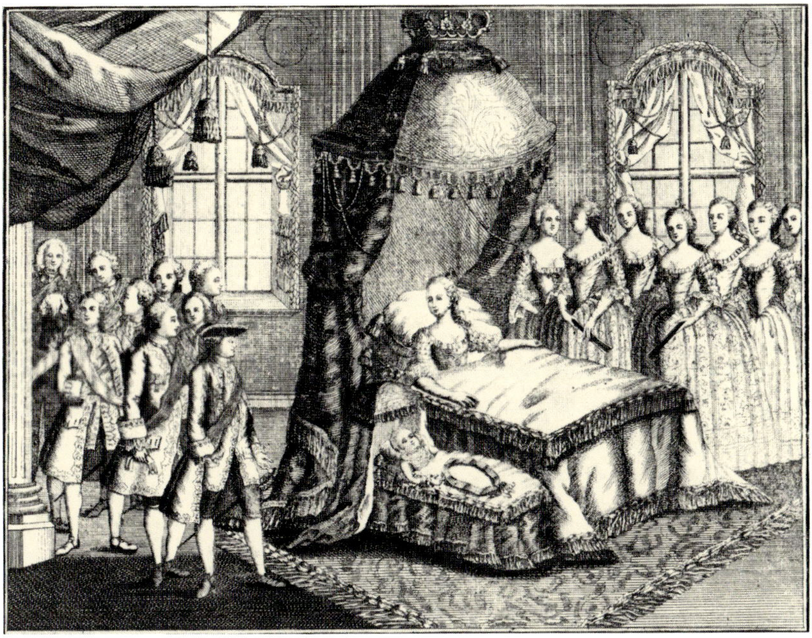

Wochenbettvisite bei der dänischen Königin Mathilde am 29. 1. 1768. Kupferstich.

In Frankfurt am Main unterschied man 1671 noch genauer in der Auszierung des Wochenzimmers: Nur beim 1. Stand (Gerichtsschultheiß, Schöffen, Syndici, Adelige und Doctores) war Doppeltaft zu den Vorhängen und Damast zu den Kindsdecken erlaubt; der 2. Stand (Ratspersonen der 2. Bank, Großhändler und Wechsler) durfte noch Taft zu den Kindsdecken, aber nicht zu den Vorhängen benutzen und auch nicht die Leintücher und Kissenbezüge mit Spitzen verzieren.
Selbstverständlich mußte auch die Frage der Bewirtung geregelt werden, zählte doch Fischart unter die Saufgelegenheiten »die Kindtauff, Kindtschenck, Kindtbetthöf, Küchelbäder, da man die Kindtbetterin und Sechswöchnerin wieder zu Jungfrauen und Gromat sauffet«. – Nach einer Görlitzer Verordnung von 1476 durfte den Besucherinnen kein Wein, sondern nur eigengebrautes Bier, Obst und Nüsse gereicht werden. Das sündhaft teure Konfekt aus der Apotheke war verboten!

Aus der Komödie

Die Wochenstube

von dem dänischen Lustspieldichter Holberg um 1722 geschrieben

Der Hausdiener Troels entrollt einen langen Zettel und liest vor: »Maren Hansen, Barbara Nielsen, Abelone Hansen, Christine Erichsen, Engelke Hutmacher, Lucie Stellmacher, Wiebke Gulbranson, Maren Schneider, Else Schulmeister, Frau Ellen Kantor, Frau Marlene Wachtmeister, Gesche Küster, Anne Kannengießer, Maren Kürschner, Ingeborg Bleidachdecker, Dorthe Knopfmacher, Stine Eisenkrämer, Meta Schneiderin, Nille Andersen, Olga Schwertfeger, Karen Uhrmacher, Maren Messerschmied, Rieke Tütendreher etc. etc., ein dito, noch ein dito, summa, summa, summarum: 93 Weiber stehen auf dieser Liste. In ebenso viele Häuser habe ich heute laufen müssen, um der Stadt das große Wunder zu verkünden, daß unsere Hausfrau mit einer kleinen Tochter niedergekommen ist; ein Mordswunder freilich, um deswegen die ganze Stadt zu alarmieren, als wenn der Feind vor den Toren stände ...« –

Nachdem Troels ausgiebig über die Schlemmereien und Ausgaben bei Hochzeiten und Beerdigungen räsoniert hat, die jeder vernünftigen Haushaltsplanung Hohn sprechen, stöhnt er über die Wochenstuben:

»Aber diese Wochenstuben sind noch das Allerverrückteste: Erst wird hundert Leuten als ein großes Wunder mitgeteilt, daß Hansen oder Jespersen (oder ihrem Stellvertreter) das Meisterstück gelungen ist, seiner Frau einen Sohn oder eine Tochter zu fabrizieren, ein Meisterstück, das jeder Bauer aus Dummsdorf ihnen nachmachen kann, und dann kommen sie all an und bestaunen das Wunder und bringen die arme Wöchnerin mit Gratulationen und Getratsche um, und tun alles, daß die Patientin nicht so schnell wieder auf die Beine kommt, wie sie kommen würde, wenn man sie in Ruhe ließe.«

Die Qualen des glücklichen Vaters schildert sein Zwiegespräch mit dem Dienstmädchen:

Mädchen: Herr, die Hebamme ist drinnen. Eure Frau sagt, sie soll für ihre Bemühungen sechs Reichstaler haben.

Corfitz: Wenn ihr Mädchen euch doch nur zum Teufel scheren wolltet, ihr kommt nur, um Geld zu holen.

Mädchen: Aber die Hebamme muß doch bezahlt werden, sie kommt sonst nie wieder zu uns. Und diese Art Leute braucht man immer, denn Ihr werdet doch hoffentlich über Jahr und Tag wieder ein Kind haben.

Corfitz: Natürlich! – Es ist ja zum Verrücktwerden mit dieser Bande.

Mädchen: Ich brauche noch Geld für verschiedene andere Sachen.

Corfitz: Was denn?

MÄDCHEN: Ein Pfund Kaffeebohnen...

CORFITZ: So ist's recht! Da haben wie schon sieben Reichstaler auf einen Schlag!

MÄDCHEN: Der Kutscher, der die Amme brachte, soll auch zwei Mark haben.

CORFITZ: Kann denn die alte Ziege nicht zu Fuß gehen? Das muß ich auch. Hätten wir wenigstens eine anständige Hebamme dafür gehabt, wollte ich nichts sagen. Na, komm her, hier hast du sieben Reichstaler und zwei Mark und nun laß mich in Ruh.

MÄDCHEN: Ich soll noch Geld für ein Pfund Zucker haben. Wir haben keinen feinen Zukker mehr im Hause.

CORFITZ: Was, der feine Zucker ist schon alle? Das ist ja richtig darauf angelegt, einen armen Mann auf einmal zu ruinieren. Ich gebe keinen Pfennig mehr für feinen Zucker, ihr könnt braunen nehmen, der ist gut genug.

MÄDCHEN: Aber, Herr, man kann doch diesen Gästen keinen braunen Zucker anbieten zum Kaffee.

CORFITZ: Welchen Gästen?

MÄDCHEN: Marthe Butterblume und Engelke Oldfux zum Beispiel.

CORFITZ: Von diesen fetten Weibern macht man so ein Wesen? Na, hier hast du den achten Reichstaler, und nun scher dich in die Hölle.

MÄDCHEN: Anne Wahrsagerin kriegt auch noch vier Mark. Sie hat das Kind besprochen gegen Muttermal und Ausschlag.

CORFITZ: Vier Mark? Vier Ohrfeigen wären ihr besser. Hätt ich das gewußt, ich hätte sie nicht ins Haus gelassen, denn Besprechen und Beschwören ist vor dem Gesetz verboten.

MÄDCHEN: Und wenn es zehnmal verboten ist, es hilft den Kindern immer, außerdem ist es schon geschehen, und Eure Frau will gerade diesem Weib ungern etwas schuldig bleiben, denn sie kommt in alle vornehmen Häuser und klatscht überall herum.

CORFITZ: Ich seh schon, dieser Beutel Geld wird heute noch zum Teufel gehen, ist sonst noch was, dann sag es gleich, ich bin auf alles gefaßt.

MÄDCHEN: Nur noch zwölf Groschen für Goldwasser für heute zum Kaffee, vier Groschen für Branntwein für die Amme, der schlecht wurde, zwei Mark für Zuckerbrot, eine Mark für Äpfel und Nüsse, zwei Mark für Hoffmannstropfen, falls Eurer Frau schlecht wird, vier Mark für den Barbier, der Eure Frau am Fuß zur Ader ließ, vier Mark für den Barbierlehrling, der die Amme woanders zur Ader ließ, drei Groschen für...

CORFITZ: Halt den Mund, ich sag's ja, diese verdammten Sitten haben gar keinen andern Zweck, als die Leute zu ruinieren!«

Und nachdem Holberg in köstlichen Dialogen die Arroganz, Dummheit und Falschheit der lieben Kindbettbesucherinnen unnachsichtig ins Scheinwerferlicht rückt, läßt er die Wöchnerin ein Klagelied singen:

So geht's jetzt immer, Tag für Tag
bedrohn dieselben Plagen
mich armes Weib, jedoch ich mag
und darf mich nicht beklagen:
Denn – ist auch diese schwere Pein
kaum möglich zu ertragen –
die Mode will's, es gilt für fein,
wie könnt ich da was sagen.
Ja, käm's den Großen in den Sinn,
ihr Wochenbett zu halten
auf offnem Markt, wir gingen hin,
damit für fein wir galten,
und täten, was die Mode will,
ohn' die geringste Klage
und hielten dort geduldig still
an zweiundvierzig Tage.

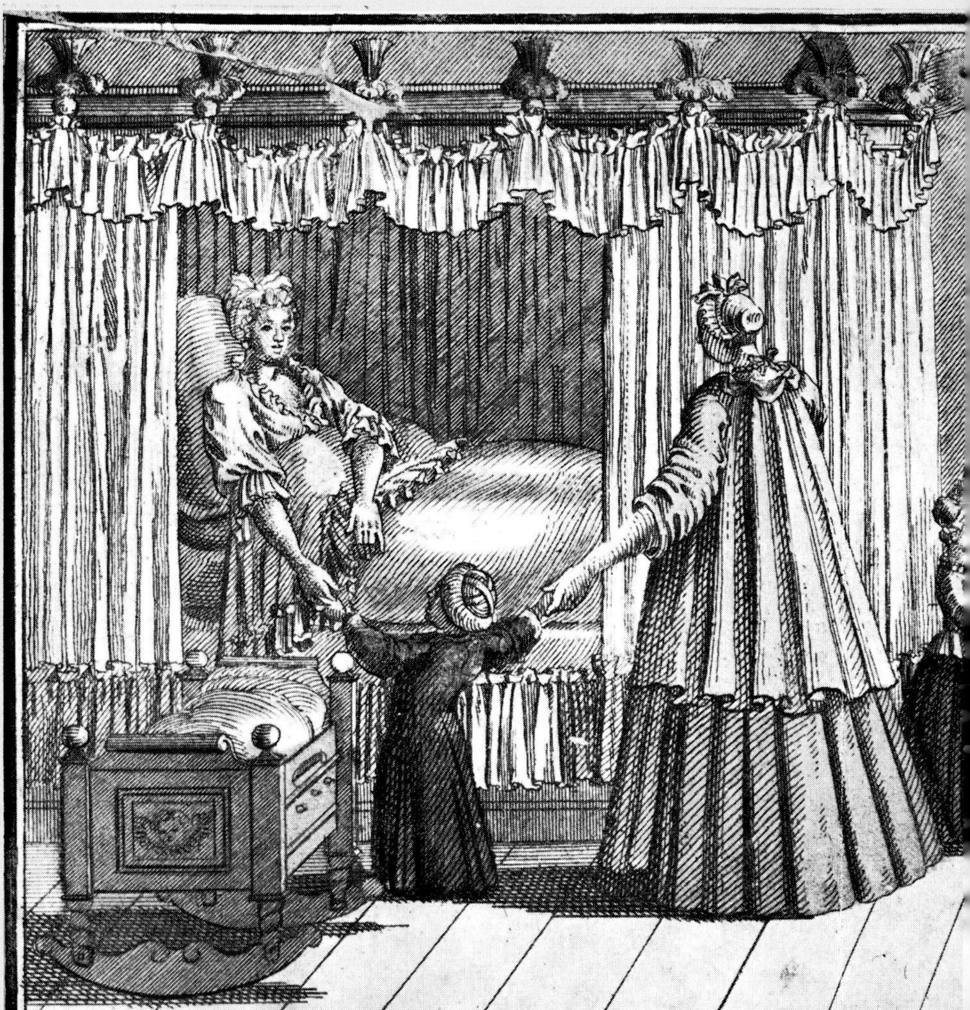

»Die heilige Taufe«, Blatt 3 aus »Angenehme Bilderlust der lieben Jugend zur Ergötzung a

eingerichtet« von Monath, Nürnberg 1760. Kolorierter Kupferstich, Sammlung Hirschberg.

Gevatterbrief von Ludwig Richter, 1860, Sammlung Hannes.

Taufgang mit Gevattern in Riddagshausen (Braunschweig), kolorierte ▷ Lithographie von Karl Schröder, um 1840, Landesmuseum Braunschweig.

Schon vor der Geburt des Kindes hatten die Eltern überlegt, wer zum Taufpaten gewonnen werden sollte. Das war eine recht wichtige Frage, denn »der neunte Teil schlägt nach dem Pfetter«, hieß es in vielen Gegenden Deutschlands. Man wollte doch das Beste für sein Kind und wählte darum nur einen wohlbeleumdeten, redlichen Menschen. Aber auch sonst mußte er genügen, denn es erforderte einiges Geld, um allen Verpflichtungen nachzukommen. Bei dem Gedanken hieran fiel wohl manchem Betroffenen die Redensart ein: »Gevatter werden ist eine Ehre vor den Leuten, aber eine Schande für den Geldbeutel!« Abschlagen durfte man das ehrenvolle Amt sowieso nicht, denn »mit jeder Patenschaft wird eine Stufe zum Himmel gebaut!« – Das Antragen der Gevatterschaft war recht förmlich, in wohlgesetzten Schreiben wurde der ehr- und achtbare Junggeselle N. N. ersucht, das junge Söhnlein oder Töchterlein aus der Taufe zu heben. In der Braunschweiger Gegend wurden diese Einladungen Bottervögel genannt, auch schickte man hier ein Stückchen Nabelschnur des Kindes, hübsch mit einem seidenen Bändchen versehen, auf dem der Name des Kindes geschrieben stand. Ein Apotheker, der oft gebeten wurde, hatte ein ganzes Schächtelchen voll! Die Briefe aber wanderten ans Fenster und gaben den Vorübergehenden Kenntnis von der Ehrung, gleichzeitig aber auch den stillen Wink: In diesem Jahr bitte keine Gevatterschaft mehr! Denn es soll einem wohlhabenden Dresdener Bäckermeister um 1840 passiert sein, durch 300 Gevatterbriefe in fünf Jahren sein ganzes Vermögen eingebüßt zu haben!

Das Geldgeschenk überreichte man in Beutelchen, hübsch bestickt und aus kostbarem Material. Im 17. Jahrhundert ging man dann zu einem papiernen Ersatz über, und dieser Sitte verdanken wir eine der reizvollsten Spielarten der Gebrauchsgraphik: den Patenbrief. Hier versuchten sich die treuen Gevattern in unbeholfenen Schriftzügen, wenn sie sich nicht lieber der Kunst eines Schreibers oder der bunten Fertigware des Kupferstechers anvertrauten. Für wenige Kreuzer malten die Lehrer oder Tischler die großformatigen, bestechend schönen elsässischen Göttelbriefe, herrlich mit ihrem Dekor von Blumen und Vögeln. Auch die Briefmaler des Egerlandes, die auf gekreidetem Papier verschwenderisch mit Farben, Blüten und Heiligengestalten umgingen, werden davon nicht reich geworden sein. Die Kupferstecher kannten ihr Publikum: Für die Vornehmen in den Städten schufen sie große Blätter, die Taufe in der Kirche im Mittelpunkt, rundherum Medaillons mit biblischen Szenen. Die feine Zeichnung durfte nicht durch Farbe zugedeckt werden! Anders verfuhr man bei der Massenware: Die Blättchen waren gleich zum Falten eingerichtet, mit der Schablone wurden in raschen Zügen die vier Evangelisten oder Kardinaltugenden in bunte Flecke verwandelt. So fiel eine schon über Gebühr ausgedruckte Platte nicht weiter auf!

Elsässische Göttelbriefe von 1827 aus Gerthweiler, kolorierter Holzschnitt (links) und koloriertes Nadelstichblatt. Sammlung Pieske.

Le Parrain – Der Gevatter

Im »Morgenblatt für die gebildeten Stände« stand 1815 eine aus dem Französischen übersetzte Satire über den »Taufpathen«. So mancher Betroffene wird mit Vergnügen gelesen haben, daß dort folgende Geschenk-Verpflichtungen bestanden: für die Wöchnerin eine rötliche Nachtlampe und ein nicht eben billiger steingutner Humpen; für die Wärterin ein Kragen aus Valencienner Spitze, für die Hebamme ein Merino-Schal, für den Geistlichen eine Kerze,

La Marraine – Die Gevatterin
Kolorierte Lithographien aus der Bilderbogenfabrik Fr. Wentzel, Weißenburg (Elsaß) um 1845. Sammlung Pieske.

Küster und Bediente waren mit reichlichem Trinkgeld zu entlohnen – das mochte noch alles hingehen. Aber die Geschenke für die Mitpatin! Nicht weniger als sechs Dutzend feine Handschuhe, zwei Fächer, Rosenessenz, und das alles in einem geschmackvollen, schlichten Körbchen, dieses allein zu 80 Francs! Der Geschädigte – er hatte schließlich 2370 Francs und 20 Centimes ausgegeben – verfiel in Nachsinnen über die Vereinfachung der Taufen.

Patenbrief um 1855, Prägedruck mit aufgeklebten Oblaten, Sammlung Pieske.

Von einem Patenbrief aus Siebenbürgen von 1828:

Nimm dies Geschenk von meiner Hand
womit ich deine Windel ehre,
und glaube, daß dies kleine Pfand,
ein Zeugniß meiner Liebe wäre.
Mein Wunsch beglücke deine Wiegen,
Gott mehre deiner Jahre Zahl.

Leb deinen Eltern zum Vergnügen,
gehorche ihrer Stimme Schall.
Schmück deines Alters zarte Jugend,
mit reiner Gottesfurcht und Tugend.
Dies wünscht von Herzen
deine aufrichtige Gothine Susanna Krampf

Alle Zeitströmungen fanden in den Patenbriefen ihren Niederschlag; frömmelnd, nüchtern, sentimental in Erinnerung schwelgend, süßlich bis zum Kitsch präsentieren sie sich in Vers und Bild. Der »Höhepunkt« dieser Entwicklung waren die Produkte der Dresdener Patenbrieffabrik von Gustav Schroeder, der 1879 mit dieser Spezialität begann und um 1900 sogar 35 Arbeiter in Nachtschichten beschäftigte! Sein Katalog wies 700 verschiedene Muster auf, der Vertrieb erstreckte sich nicht nur auf Deutschland und Europa, sondern ging auch nach Amerika. – Die Obrigkeit aber interessierte sich nach wie vor für den Inhalt der Patenbriefe! Die Verordnungen gegen den Luxus nahmen kein Ende, wenn es auch nicht überall so zuging wie in den Zürcher Dorfwachten von 1771:

»Desglychen sollend alle Ynbundpfennig in einfaltem Papyr ohne Betrug überantwortet, und also alle Ynbundsäcklin gäntzlich verbotten syn, und zwar zuvor allwegen einem Prädikanten gezeiget werden.«

Die gegenseitigen Geschenke nahmen so schnell kein Ende. Es begann mit der Konfektschüssel, die – zwar oft genug verboten! – den Gevattern mit der Einladung zum Patestehen ins Haus geschickt wurde. Dann durfte sich der Pate bei der Taufe nicht kleinlich zeigen und mußte auch am 1. Geburtstag seines Patenkindes in die Tasche greifen: eine ganze Einkleidung war fällig. Im Laufe der Jahre wandelten sich die Geschenke, das Patchen holte sich sein Osterei und seinen Neujahrszopf selbst. Nun bekam es auch seine Pflichten zum Jahreswechsel und zum Geburtstag des Paten. Mit dem Eintritt in das Erwachsenenleben schrieb es dann eine zierliche »Abdankung«, aber das fürsorglich-vertrauensvolle Verhältnis dauerte bis zum Lebensende.

Patengeschenke waren selten karg und knapp bemessen, sollten sie doch die ständige Erinnerung an den guten Patenonkel festhalten und einen Rückhalt für Notzeiten bieten. Immer war das Geld das beliebteste Geschenk; man gab Tauftaler, die extra aus diesem Anlaß geprägt wurden, oder alte und besonders wertvolle Münzen. Schon im Epos »Wolfdietrich« um 1250 hieß es:

Dem Kind gab hundert marke / der grafe Wulfin
do gab im alſo vil / von Galitzen die marcgrafin
Sant Jerge gab im fünfhundert / und der amme
ein vingerlin
daz ſie deſter gerner / züge den lieben göten ſin.

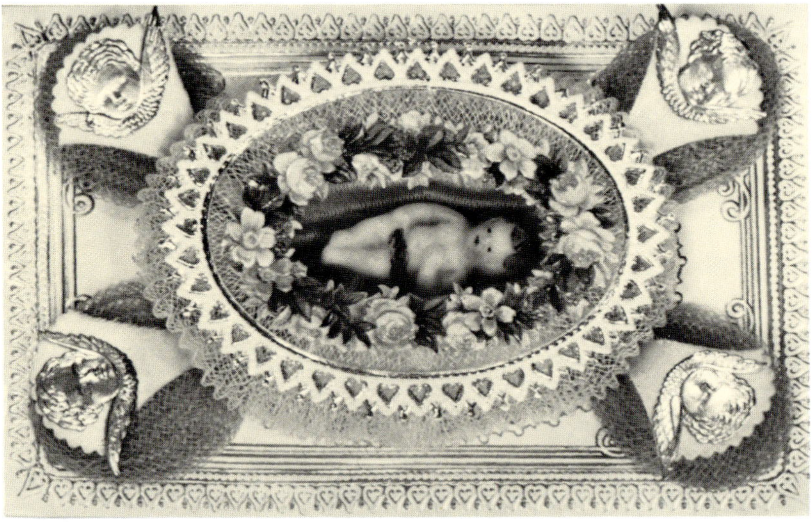

Patenbrief aus Pommern um 1875, verziert mit Gaze, Stanzspitzen, Oblaten und einem Wachskindchen. Sammlung Pieske.

Anonymer Bilderbogen, kolorierter Holzschnitt um 1800. Sammlung Pieske. ▷

Auch silberne Becher und Schüsselchen, vor allem aber Bestecke waren schon in der Barockzeit willkommene Gaben, denn ein Aberglaube besagte: »Die Pathen sollen dem Kindlein Löffelgen kauffen, sonst lernt es geiffern!« – Natürlich wurde auch mit diesen Geschenken des Guten zu viel getan, und es ergäbe einen stattlichen Folianten, wenn man die Verordnungen der Städte, die sich vom frühen Mittelalter an mit dem »Vadderngelde« befassen, zusammentragen wollte. Ob in Straßburg, Danzig oder Frankfurt am Main, man setzte feste Grenzen oder verbot es auch ganz, wahrscheinlich ohne jeden Erfolg. Gingen die Städte doch selbst mit schlechtestem Beispiel voran, wenn 1624 der Rat der Stadt Lübeck bei einem Sohn des Herzogs Adolf Friedrich von Mecklenburg-Schwerin folgende »Kleinigkeiten« einband: Ein vergoldeter Pokal 170 Lot schwer; im Beutel 3 Portugaliser, 10 Rosenobel und 10 ungarische Gulden; der Schafferin, den Kammerjungfrauen und Altfrauen 10 Goldgulden, dann den Musikanten, Trompetern und Trommelschlägern mit dem anderen Hofgesinde zur Zehrung 438 Mark, so daß sich die Endsumme auf 881 Mark Lübsch belief!

Kindelbier heute,

Lustig ihr Leute.

Die Taufe oder das Kindelbier

Im Dorfe ist heut Kindelbier,
Der Pastor tauft das Kindlein hier,
Johannes soll sein Name sein;
Der Küster zeigt den Pathenschein,
Und ladet ein zum Kindtaufsschmaus
In das geschmückte Vaterhaus.

Dort sind die Tische wohlbesetzt,
Ein Jeder schon die Zähne wetzt;
Der Pastor sitzet obenan,
Der Küster dichte nebendran;
Nachdem ein kurz' Gebet gescheh'n,
Kann's wacker nun ans Essen gehn.

Dem Küster blinkert schon das Maul,
Er war beim Essen gar nicht faul,
Jetzt steht der Braten ihm zur Hand,
Die Hälfte steckt er sehr gewandt
In seine breite Tasch' hinein;
Zum Frühstück wird's nicht übel seyn!

Branntwein und Bier man reichlich schenkt,
Ein Jeder froh das Gläschen schwenkt,
Und Alles ruft mit lautem Ton:
Es leb' der neugeborne Sohn!
Und dabei leeren sie ihr Glas,
Und treiben manchen lust'gen Spaß.

Als Jeder nun so eingesackt,
Daß ihm fast jede Rippe knackt,
Wird Tisch und Stuhl hinweggeräumt,
Zum Tanze geht es ungesäumt,
Die Musikanten sind schon hier
Und spielen gern zum Kindelbier.

Drauf tanzt man bis zum Morgen hin
Mit unermüdet frohem Sinn.
Ist nun der Branntwein aufgezehrt,
Und auch das Bierfaß ausgeleert,
Trollt Jeder fröhlich sich nach Haus
Denkt lange noch an Kindtaufsschmaus.

»Der Taufschmaus«, Lithographie nach Johann Geyer verlegt bei Hanfstaengl, München 1846. Sammlung Pieske.

Um 1850 schwärmte man wieder für das Rokoko. Der Genremaler Geyer schuf mit den Pendants »Die Verlobung« und »Der Taufschmaus« zwei sehr beliebte Sofabilder.

Bei den gekrönten Häuptern wurden die Tauffeierlichkeiten zu Volksfesten ausgeweitet, mehrere Tage sprudelten in den Höfen des Versailler Schlosses die Weinfontänen, wurden Freitheater und Speisen für die Bedürftigen gespendet. Bei der Geburt des Dauphin errichtete der Stadtbaudirektor 1782 einen imposanten Feuerwerkstempel. Solche kurzlebigen, aber äußerst eindrucksvollen Feuerspiele gab es schon 1581 bei der Taufe des brandenburgischen Markgrafen Christian oder etwas später am hessen-nassauischen Hof. In leuchtenden Farben wurden Symbole und allegorische Gestalten an den Himmel geschrieben, die unter dem Geknatter und Zischen der Raketen versprühten...

Die Berichterstattung in der »Illustrierten Zeitung« von 1845 wendete allen Details fürstlicher Feste ihre liebevolle Aufmerksamkeit zu. So gab es bei der Taufe des Großfürsten Alexander in Petersburg 301 Kanonenschüsse, allgemeines Glockenläuten, einen streng nach Rangfolge geordneten Taufzug, eine Ordensverleihung an den Neugeborenen, eine Festtafel in drei Klassen, wo bei den zahlreichen Toasten wieder Böllerschüsse losgelassen wurden, und eine Illuminierung der ganzen Stadt zur Freude der gesamten Bevölkerung.

War es da ein Wunder, wenn man sich in allen Schichten bemühte, den Tauffeiern den nötigen Glanz zu geben? Es mußte mehr als hoch hergehen und an Essen und Trinken kein Mangel sein! Vergeblich waren die Verordnungen und Predigten. Wie schrieb doch Georgius Grabow 1683 in seinem Traktat »Über Gevattern schuldige Pflicht so wol bey als nach der Taufe«: »Es ist schändlich, daß man nach der Tauffe Gasterey anstellet und nicht eher aufhöret bis das Pathen-Geld verfressen und versoffen!« Der Lübecker Rat ließ 1582 verkünden:

„Wyd dewyle ock by den Kindeldöpen an suckerconfect vnd andere vnnödigen vnkosten / vnsünderheit by den ampten vnd anderen geringen Standes perby den Kindtdöpen sünderbare gastebade anrichten vnd sick also yn vnnödige vnkosten vören / so wollen ein Erbar Radt solche vnnödige vnkosten mit dem confecte vnd gewürtze / wo ock dat spysent vnd de gastebade hyrmit gantz vnd ghar abgeschaffet vnd verbaden."

»Neapolitanischer Taufgang«, kolorierte Lithographie, anonym um 1850. Sammlung Pieske.

Die landschaftlich verschiedenen Bezeichnungen für den Taufschmaus deuten schon auf seine nahrhaften Bestandteile hin; da gibt es das Kindelbier, das Kindelmus, das Mitschenmahl (Schweiz), die Kindkirmes und den Kindbetthof. Im Egerland hieß die Tauffeier Biersuppe, und nach einer Verordnung von 1614 durften nicht mehr als vier Eimer Bier zu dieser »Suppe« eingeschrotet werden, die mit Rosinen und Gewürzen angerichtet zu werden pflegte. Und wollte sich bei einem Ehepaar gar kein Kindersegen einstellen, so feierte man eben »blinne Kinddöp« oder »jüste Kindelbier«. Ein Grund zum Feiern war leicht gefunden!

Der jungen Kindlein Aufzucht

Ja, die neuen Erdenbürger pflegen gar nicht engelgleich in ihren Bettchen zu ruhen, mit recht nachdrücklicher Stimmgewalt künden sie ihre Forderungen an! Für wie viele Dinge muß nicht gesorgt werden! Da ist zuerst die Lagerstatt. Die Wiege war, ob Längs- oder Querschwinger, am beliebtesten. Sie wurde früher stattlich gefüllt: zuunterst kam ein Federbett, dann ein Kissen mit Haferspreu, um die Nässe aufzusaugen, unter dem Kopf hatte das Würmchen zwei Federkissen, dann wurde es – natürlich vollständig von Kopf bis Fuß bekleidet – mit einer karierten Wolldecke und einem dicken Federbett zugedeckt.
Da konnte es nicht ausbleiben, daß eine ständige Schwitzkur den kleinen Körper schwächte. Der Augsburger Arzt Bartholomäus Metlinger schrieb 1473 in seinem Büchlein »Ein Regiment wie man junge Kinder halten soll von mutterleyb bis zu siben jaren mit essen, trinken, paden und in allen Krankheyten die inn zusten mügen«:

„Auch soll das Kind gestreckt liegen mit dem Leib und bedeckt sein an Haupt und Leib je nach Hitze oder Kälte. Weiter soll man das Kind in den ersten sechs Wochen in halbdunkler Kammer halten, darauf achten, daß weder Sonnen- noch Mondschein über es scheine, auch daß weder Katz, noch anderes Vieh über es komme und es vor dem Erschrecken behüten."

Keineswegs hatte jedes Kind seine eigene Lagerstatt, sie wurden oft genug ins Bett der Erwachsenen genommen. Die vielen Unglücksfälle, die sich daraus ergaben, beschäftigten immer wieder die kirchlichen Konzile, angefangen mit dem Mainzer von 851. Und noch 1811 empfiehlt ein Bastler in dem »Berlinischen Wochenblatt« ein sog. Arcuccio, ein toskanisches Schlafgehäuse, das einen segensreichen Säuglingsschutz vor überfallenden Kissen darstelle. Dieser Bretterverschlag mit großen Bügeln wird wohl auf wenig Gegenliebe gestoßen sein.

»Junge Familie«, Zeichnung von J. B. Greuze um 1770, Kunsthalle Hamburg.

Kinderstube, gezeichnet von Voltz, Nördlingen, kolorierter Kupferstich. Sammlung Hirschberg.

Der Prototyp des Säuglings war das Wickelkind! Heute lebt diese kleine Mumiengestalt nur noch in Lebkuchenformen und Holzdocken. Das Köpfchen, mit einem gekrausten Häubchen versehen, den Körper als Bündel fest umwickelt und zu den Knöcheln hin ein wenig schmäler werdend, um dann mit ausladenden Tüchern um die Füße einen breiteren Abschluß zu bekommen – das ist das Fatschenkind während langer Jahrhunderte gewesen. Wie schrieb der Dichter des Spätbarocks Joh. Christian Günther 1732, als er sein Säuglingsdasein als Vorzeichen für sein späteres Leben ansah?

Da legte man den Leib, der kaum drei Spannen lang,
in ein verwünschtes Tuch, das mich zusammenzwang.
Mir Händ und Füße band und durch die Wickelschnüre
mit meiner Zärtlichkeit so kurz und grob verführe,
als wenn ein Häschers-Knecht den Dieb zu packen kriegt,
ihm Händ und Füße bindt und in die Fesseln fügt.
Ich schrie und wrunge mich, doch alles war vergebens,
O dacht ich, welcher Blick und Anfang meines Lebens!

Aus der »Rockenphilosophie« von 1706:

Die neugebohrenen Kinder soll man die ersten drei Sonntage fein anputzen, so stehen ihnen ins künftige die Kleider schön. – Dieses ist eine solche alberne abgeschmackte Thorheit, daß man sich schämen sollte, solche unter Christen verspürt zu haben. Vor ohngefehr einem Jahr kam ich in eine Stube, allwo eine Wöchnerin lag und in der neben dem Wochenbette stehenden Wiege lag ein auff vorgeschriebene Art geschleyertes Aeffgen und hatte eine dermaßen große Fontange auf dem Köpffgen, daß das ganze Kind hätte können damit bedeckt werden.

»Sanfter Schlaf«, Lithographie von C. Koch nach G. v. Reutern aus dem Wandbilddruck-Verlag E. G. May & Wirsing, Frankfurt/Main um 1860. Sammlung Pieske.

In den Hebammenbüchern gab es genaue Vorschriften für das Bündeln: Danach wurden die Gliedmaßen einzeln in Tücher gewickelt, die Arme an den Körper gelegt und alles fest in ein Leinentuch geschlagen, um das noch ein Wolltuch kam. Mit handbreiten Wickelbändern wurde das Kind von oben bis unten eingeschnürt, war steif wie ein Brett und konnte sich nicht rühren. Man sagte, »die Beine sollten erst stark werden, ehe sie bewegt werden«. Das Wickeln wurde zuerst 1741 im Londoner Findelhaus abgeschafft, aber es dauerte noch bald hundert Jahre, ehe das Wickelkind im Steckkissen befreit wurde!

Für die feierliche Gelegenheit der Taufe war natürlich ein besonderes Gewand bereitet, das Taufröckchen war bestickt und mit Schleifen versehen und als Familienerbstück in Ehren gehalten. In Friesland war das Jäckchen sogar aus Brokat und die Mützchenform bei Knaben und Mädchen unterschieden.

»Hamburger Kindermädchen«, ▷
kolorierte Lithographie von H. Jessen
aus dem Ansichten-Verlag
B. S. Berendsohn,
Hamburg um 1845.
Sammlung Pieske.

Die

ersten Mutterpflichten

und die

erste Kindespflege.

Von

Dr. Friedrich August von Ammon.

Vierunddreißigste Auflage.

Leipzig

Verlag von S. Hirzel

1894.

Titelblatt zu Friedrich von Ammon: Die ersten Mutterpflichten und die erste Kindespflege, Leipzig, 34. Auflage, 1894.

Dieses Standardwerk der Säuglingspflege wurde 1860 geschrieben und erlebte immer neue Auflagen. Es half zur Überwindung so mancher Mißstände, die sich in den Wochen- und Kinderstuben sorgfältig überliefert von einer Generation zur andern schleppten! Was hatte es nicht mit den vielen Hausmitteln, den Amuletten, dem Besprechen gegen Krankheiten und den fragwürdigen Rezepten auf sich! Dagegen war das Baden schon im Mittelalter fortschrittlich, wenn auch die Hebamme, wie es auf unzähligen Wochenstubendarstellungen geschieht, ihre Füße im Zuber hält – um die Temperautur zu prüfen. Besondere Zutaten wie Wein, Milch oder Kräuterabsud sollten eine heilbringende Wirkung ausüben, während der »Badkreuzer«, die ins Badewasser geworfene Münze, der Hebamme zugute kam. Eine gewaltsame Abhärtung wie das Baden in der Regentonne oder das Abreiben mit Schnee kam erst im Zuge der Rousseauschen Erziehungsideen auf, sehr volkstümlich wurden diese Praktiken aber nicht, man hielt sich lieber an den wärmespendenden Ofen!

War die Ernährung des Kindes an der Quellen der Natur nicht möglich oder nicht »standesgemäß«, so mußte eine Amme her. Es war nicht so einfach, die Richtige zu finden. Der Arzt Bartholomäus Metlinger schrieb 1473:

So soll man eine solche Säugamme bestellen, die folgende Gestalt und Wesen habe: Sie soll nicht zu jung und nicht zu alt sein, sie soll über 20 Jahre sein und mit 25 Jahren ist sie am besten. Ihr eigen Kind soll über sechs Wochen alt sein. Zu loben sind die, die schon zwei oder drei Kinder gesäugt haben. Die Gestalt ihres Leibes soll also sein: ihr Angesicht wohlgestaltet, gebräunt, sie habe einen starken, dicken Hals, eine starke weite Brust, die nicht hängend oder klein sein soll, sondern mittelmäßig und vollkommen. Gute löbliche Sitten soll die Amme an sich haben, nicht furchtsam und schreckhaft, nicht kleinmüthig und zornig, fleißig und sorgsam soll sie sein zu dem Kind. Sie soll auch keusch sein, denn Schwangerschaft ist dem Kind schädlich, darum soll man das Kind alsdann abmuttern, als ob die Säugamme selbst krank wäre.

Dieselben Forderungen stellte auch der Arzt F. v. Ammon 1860:
»Schon aus den bisher geschilderten Eigenschaften einer guten Amme wird es sich ergeben, daß eine solche nicht leicht aufzufinden ist. Das wird aber noch erschwert durch den Lug- und Trugzustand, der dem gesammten Ammenwesen anhängt. Man muß deshalb verhindern, daß es nicht noch mehr ausarte, und um dieses zu erreichen, hat man sich in größeren Städten dazu verstehen müssen, die bisherige Nichtbeaufsichtigung der Ammen durch Errichtung von Ammencomptoiren zu beseitigen. Dieselben sichern das Ermiethen gesunder Ammen dadurch, daß alle Personen, welche Ammendienste suchen, unter beständiger ärztlicher Aufsicht stehen, welche allein im Stande ist, die große List und Schlauheit solcher Personen zu beseitigen und Mütter vor den nicht ausbleibenden schädlichen Folgen derselben zu bewahren; sie ermöglichen aber auch den Ammen, wenn sie gesund sind und gute Milch haben, ein schnelles und bleibendes Unterkommen«.

»Leb wohl, Amme!«, Kupferstich nach Etienne Aubry aus dem Berliner Bildverlag Löhmann um 1842. Sammlung Pieske. Aubry malte um 1770 die Pendants »Der mütterliche Besuch« und »Leb wohl, Amme!«

Das tägliche Bad für den Säugling verlangen schon die alten Hebammenlehrbücher; das Waschen der Windeln wird zwar nicht erwähnt, wird sich aber wohl auch in den Ablauf der Tagesarbeit eingefügt haben. Ob die mehrere Meter langen Wickelbänder in diese tägliche Prozedur mit eingeschlossen waren? Wohl kaum, es gehörten nicht viele Exemplare zu einer Babyausstattung. Das Waschen – die Seife wurde noch selbst gekocht – erforderte einige Körperkräfte, besonders, wenn man zum Fluß ging und vom Holzfloß aus im Knien wusch und spülte.

War das Trocknen der Windeln im Freien nicht möglich, so lieferte der Stubenofen oder der Kamin seine Wärme. Auf wie vielen mittelalterlichen Darstellungen der Geburt Mariens hält nicht eine Magd die Leintücher vor das offene Feuer! In Norddeutschland hatte man den »Lurendröger«, ein heizbares Tongefäß mit Löchern, über die die nassen Stücke gelegt wurden.

Windelwäscherin, aus einem Klebeband. Sammlung Pieske.

»Le départ pour le bal«, kolorierte Aquatinta von Roembild aus dem Wandbilddruck-Verlag Dubreuil, Paris um 1835. Sammlung Pieske.

Solche Roman-Illustrationen als Wandbild gab es viel in französischen Wohnungen um 1850. Man schaute auf das Leben des Adels und erbaute sich an den Bänden der »Bibliothèque bleue«, in denen die gute Gesellschaft mit all ihren Tugenden und Lastern geschildert wurde. Selbstverständlich spielten hier Mutterliebe und Pflichtvergessenheit eine wichtige Rolle.
Auch auf diesem Wandbild bahnt sich das Unglück an: Die junge Gräfin in ihrer kostbaren Ballrobe kann sich kaum von ihrem kleinen Sohn trennen, der ihr zum Gute-Nacht-Kuß von der Amme gereicht wird. Aber Gatte und Diener warten, die Pferde vor der Kutsche scharren auf dem Pflaster. Die junge Mutter hat Ahnungen, die sich nach ihrer Rückkehr von dem rauschenden Fest grausam bewahrheiten sollen...

Dieser kleine Pausback ist nicht mehr auf seine Kinderfrau angewiesen, er findet den Weg zum Mund allein! Wie hieß es aber in einem »Kinderbuch« von 1532?

„Desgleichen rat ich dir in Treuen
wollst ihm Mus und Brot recht käuen.
Gib ihm solches zu essen ein,
dazu genetzet Brot in Wein."

Ohne eine Kinderwärterin, eine Kindsmaid, wie Hans Sachs sagt, ging es früher gar nicht bei den vielen Kindern, die Jahr um Jahr eintrafen. Freilich mußte oft genug die große Schwester diese Rolle übernehmen und in einem frühen Alter in einen Pflichtenkreis hineinwachsen, aus dem sie ihr Leben lang nicht mehr herauskommen sollte. Den dienstbaren Geistern waren die Kinder ziemlich überlassen, nicht umsonst stand in einem medizinischen Handbuch von 1770: »Wenn die Kinderwärterinnen nicht reinlich sind oder keinen gesunden Mund haben, muß man es ihnen nicht gestatten, das Wasser zum Waschen der Kinder in ihrem Mund lau zu machen.«
Diese Katzenwäsche wird zur »Atmosphäre« der Kinderstube einiges beigetragen haben! Daß das Problem, wirklich geeignete Betreuerinnen zu bekommen, schon im 17. Jahrhundert aktuell war, zeigt ein Schriftchen von 1689:

„Artige und lustige Beschreibung der heut zu Tage durch gantz Europam sich befindenden Dienst-Mägde oder der Kinds-Weiber, Kinds-Dirnen, Köchinnen, Säug-Ammen genaue Vorstellung, wie sich jede in ihrem Dienst verhalte und erzeige."

»Die Kinderwärterin – La gard des enfans«, anonymer Bilderbogen, Nürnberg um 1820. Sammlung Hirschberg.

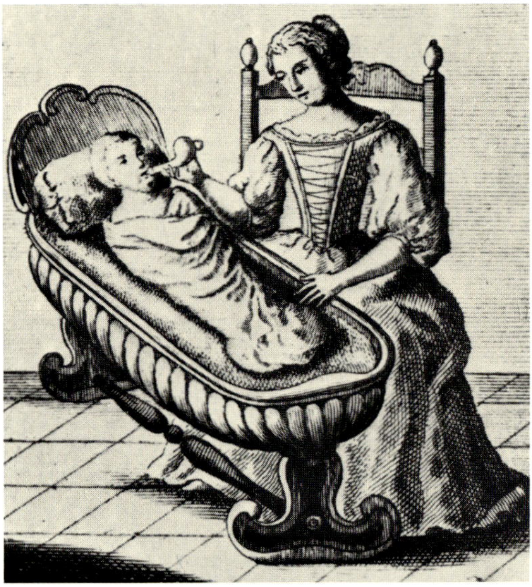

Abbildung aus Philippo Baldini: Metodo di allatare a mano i bambini. Napoli 1783.

Die künstliche Ernährung war immer ein Notbehelf, der häufig genug einem Todesurteil gleichkam. Auch dieses retortenförmige Fläschchen, in dem ein Schwämmchen für die gleichmäßige Verteilung der Milch sorgt, kann kaum als hygienisch angesprochen werden. Der italienische Arzt Philippo Baldini empfahl es 1784 in seinem Buch »Metodo di allatare a mano i bambini«.

Seit Jahrtausenden bemühte man sich um »kindgemäße« Gefäße, wenn ein Säugling ohne Muttermilch auskommen mußte. Die Ägypter kannten Saugtöpfchen aus Ton, und in der Römerzeit wurden die »Gutti« benutzt, Saugtassen, die sogar mit einem Sieb versehen waren. Das Kuhhorn, dessen Spitze abgeschnitten und mit gegerbter Euterzitze überzogen wurde, war das ganze Mittelalter über das billigste Fläschchen, wenn es auch schon vom 15. Jahrhundert an gedrechselte Holzflaschen für diesen Zweck gab. Die mandelförmigen Fläschchen aus Ton, Metall oder Glas wurden neben den zinnernen Kännchen gebraucht, wie sie auf manchen Tafelgemälden dargestellt werden. Im 18. Jahrhundert hatte sich dann die »Ludel« aus Glas oder Zinn durchgesetzt, eine kegelförmige Flasche mit Schraubverschluß, durch den ein Saugrohr führte. Natürlich gab es auch Prachtexemplare an brillantierten »Kinder-Säugel« mit Silbermundstück, manche trugen einen Ätzdekor oder waren

◁ *Säuglingsflasche aus dem Musterbuch von J. F. Römisch, Steinschönau 1832. Österreichisches Museum für angewandte Kunst, Wien.*

△ *Saugkännchen aus Zinn, Abbildung aus Klebe-Schadewaldt: Gefäße zur Kinderernährung im Wandel der Zeit. Frankfurt/Main 1955, Abb. 30.*

Möschenpott, ▷ *Museum für Kunst und Gewerbe, Hamburg.*

mit einem fröhlichen Blumenmuster bemalt. In den Musterbüchern der böhmischen Glasschleifereien war eine große Auswahl an Säugeflaschen im »Steinelschliff« und sonstigen Verzierungen verzeichnet. Auch in den »Dessins des Cristaux« der Firma Launay in Paris um 1840 wetteiferten die Dekorationseinfälle auf den Kinderfläschchen mit denen für die Parfümflakons! – Ab 1856 brauchten die Säuglinge nicht mehr an harten Metallröhrchen zu saugen, der Gummisauger trat von England seinen Siegeszug in die Kinderstuben an, wurde in seiner Form ständig verbessert bis zum «physiologisch geformten Sauger auf der Weithalsflasche« von 1954!
Nicht lange hält sich der junge Erdenbürger mit nur flüssiger Nahrung auf, dann kommt die Zeit des Breies. Da geht es erfahrungsgemäß nicht ohne Schwierigkeiten ab, wenn man auch einen Breilöffel zum Einblasen des nicht immer beliebten Mehlmuses erfand! Das Breipfännchen mußte warm gehalten werden können, also schuf man ein Öfchen dafür. Später hatte man Wärmkruken, die auch noch die Glasludel aufnehmen konnten. Beim »Papp« in den Breitöpfchen wurde nicht an Eiern, Honig, Butter und Mehl gespart. Kein Wunder, wenn die »Päppelkinder« dick und aufgeschwemmt wurden, gab man doch schon dem Täufling am Tauftag von allen Gerichten etwas, »damit er später immer satt zu essen hätte.«

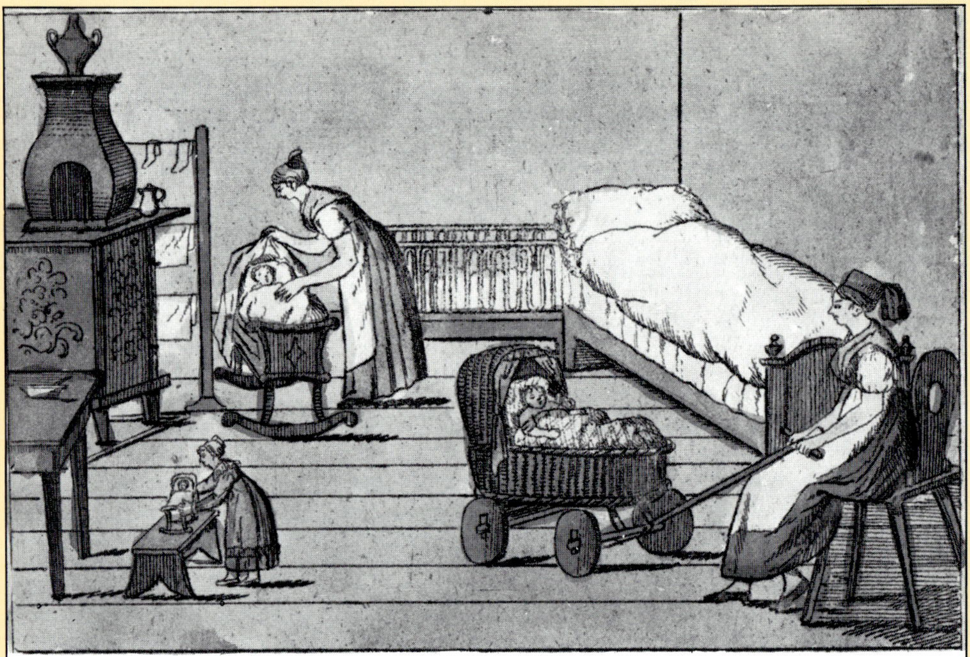

»Kinderstube«, kolorierter Holzschnitt von C. Trummer, Nürnberg um 1820. Sammlung Hirschberg.

»Krankes Kind«, anonymes Deckfarbenaquarell um 1830. Sammlung Hirt. ▷

Die Kinderstube ist das Reich der Kleinen! In den biedermeierlichen Zimmern mit dem großen Ofen und den blankgescheuerten Dielen ist Platz zum Spielen im großen Geschwisterkreis. Und es wird sich immer jemand finden, der das Jüngste fährt oder schaukelt und es teilhaben läßt an dem fröhlichen Durcheinander. In einer solchen Stube braucht man keine Kinderwiege, die nach dem Prinzip des Butterfasses durch Gewicht und Pendelgang in Schwung gehalten wird, wie sie 1860 erfunden und zum Patent angemeldet wurde.
Ganz ohne Kranksein geht's in der Kinderstube nicht ab! Aber in einer solchen behäbigen Wiege geborgen, die Rotkarierten mit feinem Linnen überdeckt, kann man's wohl aushalten. Ein appetitliches Süppchen wartet darauf, verzehrt zu werden, ein paar Leckerli versüßen die bittere Arzenei, und zum Trost ist noch die Zinnludel da, die die gute Milch in der richtigen Temperatur immer bereit hat. Sanft von der Mutter geschaukelt, durch ein Wiegenliedchen eingelullt, schläft das Sorgenkind seiner Genesung entgegen.

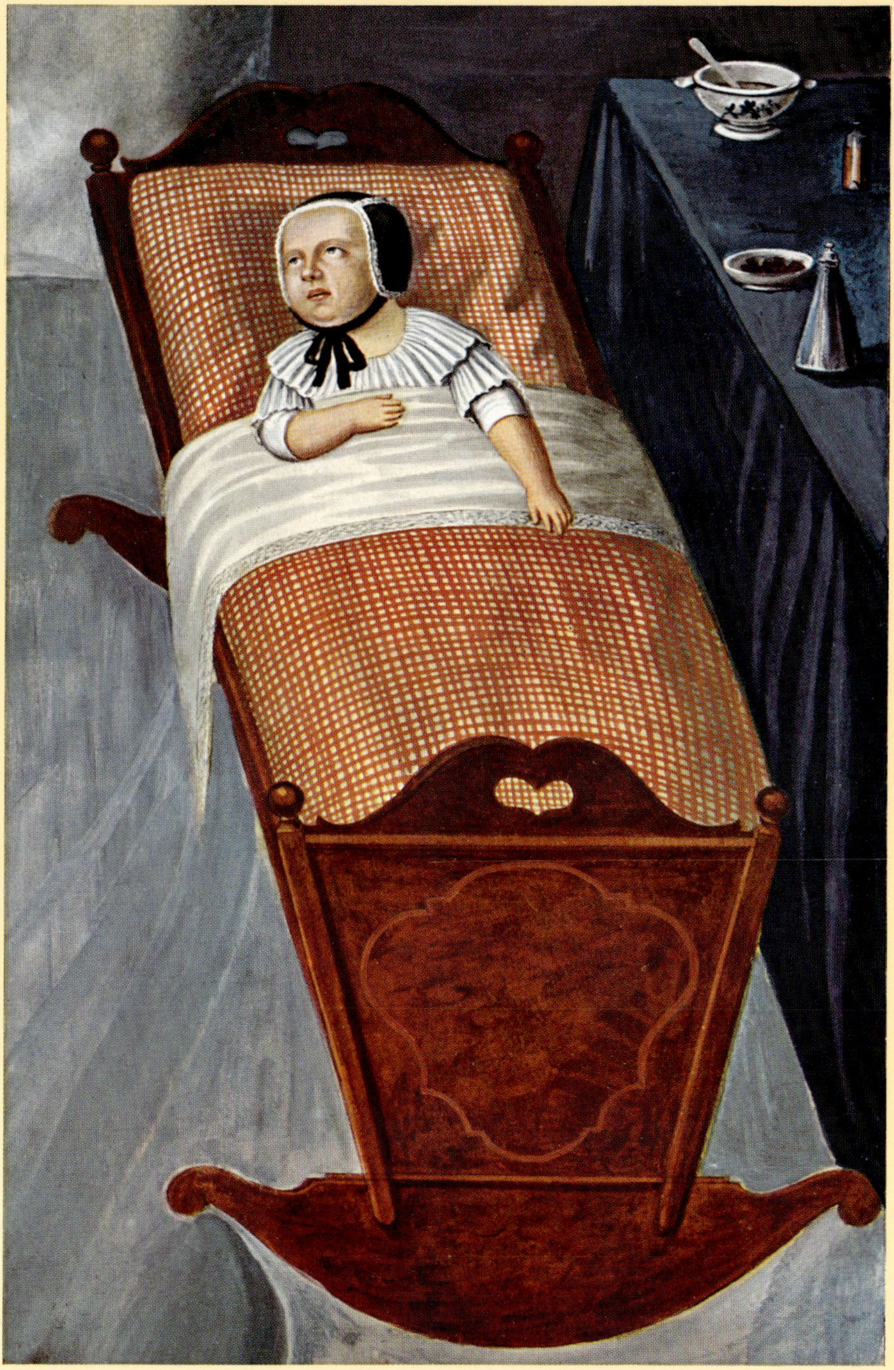

»Kinderszenen«, anonymer Bilderbogen um 1860. Sammlung Hirschberg.

Der Säugling als lebendiges Spielzeug ist nicht immer ein geeignetes Objekt, namentlich dann, wenn er aus dem »dummen Vierteljahr« heraus ist. Er ist dann durchaus nicht mit allem einverstanden und gibt seiner Meinung lautstarken Ausdruck. Da hat man schon früh ein Instrument gebraucht, das tröstet und beruhigt: den Schnuller! In der Antike hatte man kleine Tontierchen, die mit Honig gefüllt wurden und durch die Kopföffnung langsam leergenuckelt werden konnten. Seit dem Mittelalter sind durch die Tafelmalerei die Stoffschnuller bezeugt, wie bei Dürers Madonna mit dem Zeisig von 1506. Der Arzt Bartholomäus Metlinger beschreibt sie 1457, als er vom »Abmüttern« (Entwöhnen) der Kinder spricht: »Und auch eine Latwerge kann man ihm machen aus Weißbrot und Zucker, wie Avicenna spricht, woran es dann zuzeln mag: man nimmt ein Theil klein geriebenes schönes Brot, ¼ Theil Zucker und macht ein Strützel daraus nach der Apotheker Kunst.«

»Kind im Stühlchen«, englische kolorierte Lithographie um 1860. Sammlung Pieske.

Erst in der zweiten Hälfte des 19. Jahrhunderts verschwand dieser unappetitliche Fliegenfänger langsam, um dem Gummilutscher Platz zu machen. Sein Gebrauch ist ziemlich zurückgegangen, aber als »Babyattribut« lebt er in Witzblättern und Scherzgeschenken weiter! Das erste Spielzeug wird aber nicht aussterben: Die Klapper, Klöterbüchse oder Rassel gibt's in unendlichen Variationen! Angefangen von dem Ring aus getrockneten Gänsegurgeln, in denen einige Steinchen rasseln, über die gedrechselten Klapperpuppen bis zu den von Silberschmieden verfertigten Klingelrötern in Filigranarbeit zeigen die historischen Klappern ein herrlich buntes Bild in verschiedenen Materialien. »Unverlierbar« sind die farbigen Kugeln, die griffbereit über den Kinderwagen gespannt sind. Aber ob sich mit ihnen soviel entdecken läßt, wenn die Ärmchen mit fahrigen Bewegungen Schwung holen zu einem aufregenden Geräusch, das die bewegliche Klapper vermittelt?

◁ *»Laufwagen«, Illustrierte Zeitung, Leipzig 1843.*

»Die aufwachsende Jugend«, kolorierter Holzschnitt von Elias Porzelius, Nürnberg um 1690. ▷

Erfindung des Pariser Mechanikers Lebrun:
»Die Vortheile desselben sind zu sehr in die Augen fallend, um einer besonderen Bezeichnung zu bedürfen. Viele Kinder, die gerade und wohlgeformt zur Welt kommen sind, verkrüppeln später in größerem oder minderem Grade, weil ihnen zu zeitig zugemutet worden ist, die ganze Last des Körpers bloß auf den schwachen Beinen zu tragen. Mittelst dieser künstlichen Beine dagegen können die Kinder sich stützen und ohne Gefahr und Ermüdung überall hinbewegen. Dasselbe leisten in Deutschland, wenn auch minder kostbar, die oft sehr niedlichen geflochtenen Laufkörbe.«

Das Kleinkind, das nun die schwere Kunst des Gehens lernen sollte, mußte geschützt und liebevoll geführt werden. Weit verbreitet waren die »Fallhüte«, feste Kappen mit einem dicken Lederwulst, die manche Beule verhindern halfen.
Auch der Laufwagen stellte keineswegs eine umwälzende Erfindung dar, ähnliche Instrumente hatte man schon im 16. Jahrhundert. Am urtümlichsten war die »Steirische Laufschule«, ein Brett mit runder Öffnung, das an einer Stange sicher befestigt war. Hübsch gedrechselte Laufwagen gaben dem Kind die nötige Bewegungsfreiheit, ohne daß es am Gängelband geführt werden mußte. Der eigentliche Kinderwagen, den man brauchte, wenn man nach draußen wollte, wurde lange Zeit für entbehrlich gehalten. Schrieb doch noch 1764 der Berliner Arzt Zückert: »Man kann zuweilen mit den Kindern an die frische Luft gehen, aber nicht zu oft, sonst gewöhnen sie sich daran.«

II.

Die aufwachsende Jugend.

Die Mutter mit ihren Kindern redend.

Spielt Kinder! spielet voller Freuden.
Du, Grosser! kanst hübsch einher reiten.
Du, Kleiner! im Gängl-Wägelein
Dich zierest schön und trefflich fein,
So kan ich alsdann mit Vergnügen
Dem Nähen auf das best obliegen.

Der älteste Sohn antwortend.

Ja! über meiner Reuterey
Ich, Mutter! höchlich mich erfreu.
Ich seh mit Lust, mein Brüderlein!
Fort lauffen im Gängl-Wägelein.
Mein Pferdlein Ihm und Mir gefällt;
So ist es alles wohl bestellt.

Derselbe mit Ausschlag in verschiedenen Grössen, im Preise von 4.— bis 7.50 Mk.

Besserer Puppenwagen, eckiger Korb, auch in feinem naturlackiertem Rohrkorb, englische Form, mit Ledertuch-Ausschlag, Klapp-Verdeck, Aluminium, farbig bronzierte Stahlstangen, Woll-Satin-Gardinen, aluminium-emailliertes Federgestell, **Stahlrädern** und vernickelten Achsen und Schiebern, in gelb, grau, oder drap Lackierung, in verschiedenen Grössen, in der Preislage von 7.— bis 15.— Mark.

Dieselben mit Gummirädern etwa 4–5 Mark mehr.

Puppenwagen in Viktoria-Form, hochfeine Ausführung, vernickelte Sturmstangen, aluminium-emailliertes Federgestell, Stahlräder etc., im Preise von 10.— bis 25.— Mk.

Mit Gummirädern und Porzellangriffen etwa 5.50 Mk. mehr

Puppenkastenwagen, schöne Holzkasten, ff. lackiert, in dunkelblau, weiss oder grau. elegant ausgeschlagen, vernickelte Sturmstangen, prachtvoll garniertes Verdeck, Stahlräder etc., im Preise von 13.—, 15.— bis 25,— Mark.

Puppensportwagen einfach, Buchenholz, mit gebogenen Bäumen, Eisenrädern u. Schutzbrett, fein lackiert, in blau, rot, grün oder gelb, 2,50, 3.50 bis 5.- Mk.

dto., eleganter, mit Stahlrädern, Schleifrädchen, verstellbarem Fusstritt, von 4.50, 5.50, 7.50 bis 10.— Mark.

Puppensportwagen, elegant, mit Ledertuch-Ausschlag, Klappverdeck Polstersitz, verstellbarem Fusskasten, eleg. Lackierung, in weiss, grau oder drap, mit Stahlrädern etc., von 10.—, 12.50, 14.—, 15.— 18,— bis 20,— Mk. Mit Gummirädern 5.— Mark mehr.

Gloria-Puppenwagen Ein zusammenlegbarer Sportwagen, leicht transportabel, elegant ausgestattet, altmahagoni, lack., gepolst., mit abnehmbaren Gummirädern, etwa 13.50 M.

Zusammenlegbare **Puppenfahrstühle,** alteichen lackiert, in verschiedenen Grössen, von 7.50 bis 12.50.

Aus einem Katalog für Puppenwagen um 1880. Sammlung Meisenbach.

»Intime Freunde«, Kupferstich von E. Schuler nach F. Wieschebrink, Leipzig um 1860. Sammlung Pieske.

Der umstrittene Kinderstuhl, hier mit geschnitzter Lehne und kleinen Rollen versehen, forderte um 1860 einen Arzt zu folgender Stellungnahme heraus: »Mit dem Kinderstuhl wird offenbar Mißbrauch getrieben. Derselbige ist bei Familien, welche die nötigen Dienstboten und Wärterinnen haben, ein höchst überflüssiges Möbel und bei Unbemittelten für die armen Kleinen ein wahrer Nothstall, welcher außer dem einzigen Vortheile, um Kinder, die schon kriechen, zu gehen und zu klettern anfangen, in denselben zu sperren, damit sie nicht so leicht fallen und die Mutter oder Wärterin andere Geschäfte verrichten können.«
Was hätte er aber gesagt, wenn er diese intime Freundschaft gesehen hätte? Das »Abgeben« geschah sicher leichten Herzens, der tägliche Mehlpapps war nicht das Begehrteste. Romantik der Kinderstube von einst? Das ist heute eine berechtigte Frage. Doch ob im Mittelalter oder in der Gegenwart: wohl dem, der von Liebe umgeben aufwuchs...

Auswahl aus der benutzten Literatur:
Boesch, Hans: *Kinderleben in der deutschen Vergangenheit.* Leipzig 1900
Dihle, Helene: *Tortura infantum.* In: Medizinische Welt, Nr. 16/1928
Höhn, H.: *Sitte und Gebrauch bei Geburt, Taufe und in der Kindheit.* In: Mitteilungen über volkstümliche Überlieferungen, Stuttgart 1910
Klebe und Schwadewaldt: *Gefäße zur Kinderernährung im Wandel der Zeit.* Frankfurt/Main 1955
Müllerheim, Robert: *Die Wochenstube in der Kunst.* Stuttgart 1904
Pieske, Christa: *Über den Patenbrief.* In: Beiträge zur Deutschen Volks- und Altertumskunde, Bd. 2/3, Hamburg 1958
Pieske, Christa: *Schönes Spielzeug aus alten Nürnberger Musterbüchern.* München 1979
Redlefsen, Ellen: *Möschenpötte und Wöchnerinnenschalen.* In: Die Heimat, 48. Jg., Kiel 1938
Gestriegelte Rockenphilosophie oder aufrichtige Untersuchung derer von vielen superklugen Weibern hochgehaltenen Aberglauben. Chemnitz 1706, 5. Aufl. 1759
Stula, Hans: *Deutsche Bilderbogen für Jung und Alt.* Hannover 1980
Weber-Kellermann, Ingeborg: *Die Kindheit.* Frankfurt/Main 1979

Autorin und Verlag danken an dieser Stelle allen Museen, Sammlungen und privaten Leihgebern für ihr freundliches Entgegenkommen und ihre bereitwillige Unterstützung.

»Horch, der kleine Schreihals singt...«, gezeichnet von Carl Offterdinger. Nr. 225 aus den »Deutschen Bilderbogen« von Gustav Weise, Stuttgart um 1868. Sammlung Pieske.